L'enfance de Van

# Le Dragon Vert

Jacques Goldstyn

**Bayard**

C A N A D A

Catalogage avant publication de Bibliothèque et Archives nationales du Québec et Bibliothèque et Archives Canada

Goldstyn, Jacques

Le Dragon Vert

Pour enfants de 6 ans et plus.

ISBN 978-2-89579-598-8

I. Titre.

PS8613.O445D72 2015          jC843'.6     C2014-941571-0
PS9613.O445D72 2015

Dépôt légal – Bibliothèque et Archives nationales du Québec, 2015
Bibliothèque et Archives Canada, 2015

Direction éditoriale : Thomas Campbell, Gilda Routy
Révision : Sophie Sainte-Marie
Mise en pages : Janou-Ève LeGuerrier

© Bayard Canada Livres inc. 2015

Nous reconnaissons l'aide financière du gouvernement du Canada
par l'entremise du Fonds du livre du Canada (FLC)
pour des activités de développement de notre entreprise.

 **Conseil des Arts    Canada Council**
**du Canada            for the Arts**

Nous remercions le Conseil des arts du Canada
de l'aide accordée à notre programme de publication.

Cet ouvrage a été publié avec le soutien de la SODEC. Gouvernement du Québec –
Programme de crédit d'impôt pour l'édition de livres – Gestion SODEC.

 Bayard Canada Livres
4475, rue Frontenac, Montréal (Québec) Canada  H2H 2S2
Téléphone : 514 844-2111 ou 1 866 844-2111
edition@bayardcanada.com
bayardlivres.ca

Imprimé au Canada

INVENTION no 1052
LE TOBOSKI
FREIN
COQUILLE PLEXIGLASS
CONTRÔLE
SUSPENSION
PATIN

À Paco,
qui un jour
illustrera aussi
des histoires.

Oncle Jacques

# Un endroit exotique

Tous les vendredis après l'école,
Van avait un rituel avec ses amis
Kim et Robert. Ils faisaient
une activité culturelle
ou sportive. Ce soir-là,
ils dévalèrent le mont Royal
pour tester
la plus récente
invention de Van :
le toboski.

Après cet effort de groupe, ils décidèrent de manger au restaurant. Van proposa de se rendre dans le quartier chinois.

— J'ai le goût d'une soupe asiatique.
  J'en ai rêvé toute la semaine ! avoua Kim.

— Pour moi, ce serait plutôt un bon *cheeseburger*
  ou un succulent steak-frites...

— Robert, c'est toi qui as choisi le resto la dernière fois.
  Chacun son tour.

— Faites-moi confiance et suivez-moi !
  trancha Van.

Les trois amis se dirigèrent vers une petite rue sombre et déserte.
Au bout de l'impasse, une modeste enseigne au néon clignotait :
Le Dragon Vert.

— Ça a l'air louche, marmonna Kim.

— On se croirait dans *Le Lotus bleu* de Tintin.
Vous savez, quand il arrive dans une fumerie
d'opium, murmura Robert.

Dans le restaurant, la décoration était ancienne, avec des lanternes à pompons ornées de calligraphie chinoise. À l'entrée, dans un grand aquarium, des carpes nageaient paresseusement. Des haut-parleurs poussiéreux diffusaient une musique traditionnelle chinoise.

— C'est... spécial. J'adore! s'exclama Kim.

Devant la moue de Robert, Van le rassura:

— C'est authentique! On y sert la meilleure nourriture asiatique en ville.

Une dame ridée les accueillit avec un sourire. Elle était vêtue d'une longue robe de soie rouge brodée d'oiseaux blancs. Dans son chignon était planté un peigne de nacre surmonté d'un dragon vert émeraude.

— Je vous présente madame Hoang.
C'est la propriétaire du restaurant.

Elle les salua en distribuant des menus écrits à la fois en chinois, en vietnamien et en français. Décidément, rien, autour de Kim et de Robert, ne leur était familier.

De la cuisine émanaient des odeurs et des grésillements de friture.
Des éclats de voix se mêlaient aux bruits des woks sur le poêle.
Les trois amis en avaient plein les yeux, les oreilles et les narines.

À la table d'à côté, deux vieux Chinois sirotaient
leur thé vert en jouant à une sorte de dominos.

Madame Hoang revint prendre leur commande.

— Pour moi, ce sera la soupe aigre-douce
au crabe et à la coriandre, décida Kim.

— C'est autre chose que chez Ginette Patates frites.
Je ne sais pas trop quoi choisir. Vous avez du poulet ?

— Robert, je te conseille le général Tao, tu vas adorer. C'est fameux !

— Ah oui ? C'est un parent du colonel Sanders ?
demanda-t-il en jouant un solo de batterie
avec ses baguettes.

Van esquissa un sourire et échangea quelques phrases
avec madame Hoang.

— Je suis toujours fascinée de t'entendre parler chinois,
dit Kim. Je croyais que tu étais vietnamien.

— Oui, c'est vrai. Je suis vietnamien, mais je suis aussi hoa,
ce qui signifie que ma famille a des origines chinoises.

鹌鹑我*
*Des cailles pour moi.

和绿茶*
*Et du thé vert pour
tout le monde.

Madame Hoang arriva en poussant un petit chariot plein de bols et d'assiettes. Les plats embaumaient le gingembre, la coriandre et la viande grillée.

Le festin comprenait aussi du riz frit, des légumes à la sauce aux huîtres, des côtes levées et des rouleaux impériaux.

— Madame Hoang vous souhaite bon appétit! ajouta Van en apprenant cette première expression chinoise à ses amis.

— Et toi, qu'as-tu commandé ? demanda Kim.

— Des cuisses de grenouille !

Les trois amis éclatèrent de rire devant l'air scandalisé de Beppo.

— Mais non, ce sont des cailles !

# Retour
# dans le passé

Au cours des minutes qui suivirent,
les trois amis n'échangèrent aucun mot.
Ils étaient occupés à se passer les plats
et à remplir leurs assiettes.
Ils partageaient la nourriture
à la façon chinoise,
en goûtant à tout
avec gourmandise.

— Comment c'était quand tu étais petit ? le questionna Robert en engloutissant une boulette de général Tao.

— J'habitais Quang Hanh, un gros village. Mon père possédait une flotte de tuk-tuks. Ma famille n'était pas riche, mais nous ne manquions de rien.

— Des touques-touques ? Ce sont des espèces de carpes ?

— Mais, non, bêta ! s'exclama Kim. Ce sont des cyclopousses, de petits véhicules à trois roues très répandus en Asie. Ils transportent aussi bien des gens que des marchandises ou des animaux.

— C'est exact, dit Van. Ils sont très pratiques, puisqu'ils se faufilent partout et sont très économiques. Mon père en avait une dizaine. Je ne le voyais pas souvent, car il était toujours occupé à brasser des affaires avec ses clients. Quant à ma mère, elle gérait la maison et prenait soin de mon petit frère Phong. J'ai parfois l'impression d'avoir été élevé par mon grand-père.

— Ah bon, *tu nous avais caché ce détail. Que faisait-il ?*

— Daïdo réparait les tuk-tuks dans l'entreprise familiale. Fasciné,
je pouvais passer des heures à l'observer. Comme c'était très
difficile de se procurer des pièces de rechange, il en fabriquait
à partir de *toutes sortes de matériaux*. Son atelier était
une véritable caverne d'Ali Baba.

— Eh bien, il était drôlement
ingénieux! dit Kim, admirative.
Le fruit ne tombe jamais loin
de l'arbre.

Van poursuivit ses anecdotes
sur son enfance au Vietnam.
Il raconta comment Daïdo
lui avait montré à se
servir d'outils.

Il revoyait des images précises
de cette période.
Il tenait une pièce que soudait
son grand-père, il l'aidait
à remplir les radiateurs
ou à gonfler les pneus.

À six ans, Van connaissait même
le fonctionnement d'un moteur à explosion.

— S'il avait pu faire des études, je suis persuadé qu'il serait devenu ingénieur ou architecte. Il avait appris son métier de mécanicien dans l'armée française au moment de la libération de Paris.

—Eh! Van, tu en as eu, de la chance! Moi, on me disait plutôt:
« Ne touche pas! C'est dangereux! » expliqua Robert.
Je suis sûr que c'est aussi lui qui t'a montré à te servir
de baguettes!

# Un génie
# en herbe

Autour d'eux, les clients discutaient en mangeant bruyamment.
C'était leur façon de montrer combien ils appréciaient le repas.
Madame Hoang apporta d'autres plats aux parfums variés,
dont des légumes à la sauce au piment de Pékin, du curry rouge
aux crevettes ainsi que du canard rôti aux litchis.

— Mangez, les enfants ! Il faut manger beaucoup pour la santé ! les encouragea la propriétaire.

— Mais on n'a rien commandé de tout ça ! s'étonna Kim.

— C'est un cadeau de madame Hoang, précisa Van.

— Alors on ne peut pas refuser, dit Robert en avalant son riz gluant à la noix de coco.

— Pour un gars qui était en mode *cheeseburger* tout à l'heure, *tu t'es* vite adapté à la cuisine asiatique.

— Peut-être, mais je ne suis pas prêt à manger de la pieuvre au brocoli comme nos voisins. Beurk! Je suis sûr qu'elle est encore vivante!

— Es-tu devenu inventeur à cette époque, Van ?
l'interrogea Kim.

— Oui, c'est là que tout a commencé.

— Tu étais précoce ! s'étonna Robert en grugeant sa cinquième
côte levée. Quelle a été ta première invention ?

—Une poussette que mon petit frère pouvait conduire tout seul,
construite avec un moteur de mobylette. Ça ne passait pas
inaperçu dans le village. Mais finalement, mes parents
l'ont confisquée.

— Je te reconnais bien là! Je gage que *tu* lisais déjà des livres de sciences et de techniques! commenta Robert en prenant une brochette de porc aux noix de cajous.

—Exact. J'allais souvent en consulter à la petite bibliothèque de mon village. Je rêvais de me rendre à Hanoï pour en lire encore plus. Mais c'était loin, et mes parents n'avaient pas de vacances.

— Et quand as-tu mis tes connaissances en pratique ?
interrogea Kim.

— Quand mes voisins ont commencé à m'apporter des objets
à réparer. Mes amis me demandaient aussi d'inventer des jouets.
Je trouvais des solutions avec mon grand-père en faisant
du *steampunk*.

— Cool! s'exclama Robert. Des inventions avec des matériaux recyclés, tu m'étonneras toujours!

— J'en tirais une grande fierté et un peu d'argent de poche pour fabriquer d'autres inventions.

Madame Hoang apporta du thé au jasmin. Robert commença à le servir, mais le liquide bouillant dégoulina le long du bec et se répandit sur la table.

— Tu ne peux pas faire attention !

— Je voudrais t'y voir, Mademoiselle Kim ! C'est chaque fois la même chose ! Van, tu ne pourrais pas inventer une théière qui ne coule pas comme une champlure ?

# Ce cochon
# de Nixon

Madame Hoang débarrassa la table
et apporta de petits rince-doigts.
Kim éclata de rire
quand Robert avala le mélange citronné
en pensant qu'il s'agissait
d'une boisson exotique.

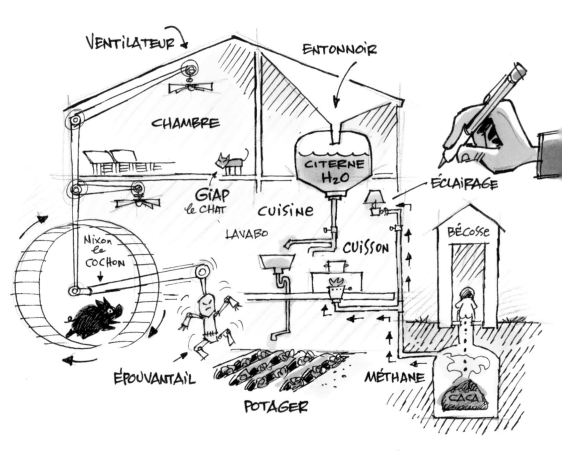

Van poursuivit le récit de son enfance en faisant un dessin sur la nappe en papier du restaurant.

  — Wow! s'exclama Kim. C'est une maison écologique!
   Vous ne deviez pas gaspiller beaucoup d'électricité.

 — On n'en avait pas du tout, car le réseau ne se rendait pas dans notre région. Je rêvais de voir les rues de mon village s'illuminer la nuit.

Robert observa un détail du plan de la maison :

— Regardez ! Le cochon dans la grosse roue ! Il fait tourner
les ventilateurs et s'agiter l'épouvantail !
Mais c'est bizarre, il n'a que trois pattes.

— C'est normal. Un cochon aussi utile,
on ne le mangeait
pas d'un coup !

Kim et Robert fixèrent leur ami d'un drôle d'air.

— Mais non, c'est une blague! On l'aimait bien, ce cochon.
Il s'appelait Nixon.

Par un ingénieux procédé, Van récupérait le méthane qui provenait
de la décomposition des excréments et le transformait en substitut
du gaz naturel. Il s'en servait ensuite pour alimenter son système
de cuisson. Avec sa famille, il devait utiliser le matériel et les ressources
disponibles sans dépenser d'argent. Le schéma de Van permit à ses amis
de visualiser le dispositif.

— Aujourd'hui, ce genre d'installation est fréquent dans beaucoup
de pays pauvres d'Asie. C'est ça, le système D.

    — Je ne suis pas sûr que ma mère aimerait que son poêle soit
branché aux toilettes, avoua Robert.

    — Avec Daïdo, on avait même commencé à construire une éolienne
de sept mètres de haut, en bambou, reliée à une dynamo.
Malheureusement, il y a eu une catastrophe.

— Quoi ? La tour s'est effondrée ? s'inquiéta Kim.

    — Non, la guerre est arrivée.

# Maudite guerre

Les images de son passé étaient encore vives dans l'esprit de Van.
Il se souvenait de tout avec précision. Une grosse boule se forma dans
sa gorge quand il commença à raconter son histoire :

> — Mon village avait été épargné jusque-là, car nous
> habitions loin des zònes de guerre. Cela a changé quand
> la Chine a attaqué le nord du Vietnam. Le gouvernement
> s'est alors vengé sur les communautés comme la nôtre.
> Nous étions devenus des indésirables. En réalité, c'était
> un prétexte pour s'emparer de nos terres et de nos biens.
> Un soir, il a fallu fuir en catastrophe pour ne pas être
> jetés en prison.

— Mais c'est terrible ! se désola Kim.
Vous avez tout perdu !

— Des gens armés venaient nous insulter devant notre maison.
Ils menaçaient même de nous tuer tous si nous ne partions
pas assez vite. Le plus dur a été de voir que des voisins
et des gens que nous avions cru être des amis depuis
toujours nous tournaient le dos.

— Comment des amis peuvent faire une chose pareille ? demanda Robert, complètement abasourdi.

— Les amis n'existent plus quand tu vis un tel cauchemar. Ils sont entraînés par la foule. Bien sûr, il y en avait qui n'approuvaient pas cela, mais ils ne pouvaient rien dire, de peur de se faire attaquer eux aussi. Alors ils se taisaient et se cachaient.

Van fit une pause dans son récit. Lui qui n'avait jamais été un grand bavard racontait son histoire pour la première fois.
Ses amis l'écoutaient attentivement :

> — J'ai aidé Daïdo à charger ses outils dans un tuk-tuk.
> On nous a escortés jusqu'au port. C'était le chaos.
> Il faisait nuit. La foule nous criait après et nous lançait des projectiles.

Les soldats nous rudoyaient. Pendant le trajet, nous nous sommes blottis les uns contre les autres. Daïdo nous murmurait sans cesse : « Ne les regardez pas, baissez les yeux ! » Mes parents ont donné beaucoup d'argent à des passeurs pour quitter le pays.

— Dans quelles conditions avez-vous voyagé ? l'interrogea Kim, inquiète.

— Nous étions sur un vieux bateau qui tanguait et craquait de partout. Le moteur faisait un bruit d'enfer, et la cale, remplie de barils vides, sentait le poisson, le mazout et le vomi.

Kim et Robert n'en revenaient pas.
Ils n'avaient jamais soupçonné
que leur ami avait vécu
une telle épreuve.

# Une triste traversée

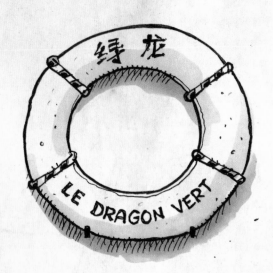

Raconter son histoire à ses amis
produisait un étrange effet sur Van.
Il avait l'impression de se libérer
d'un énorme poids.
Kim et Robert ressentaient
la détresse de leur ami.

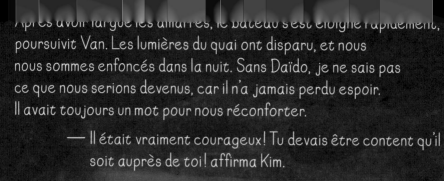

Après avoir largué les amarres, le bateau s'est éloigné rapidement,
poursuivit Van. Les lumières du quai ont disparu, et nous
nous sommes enfoncés dans la nuit. Sans Daïdo, je ne sais pas
ce que nous serions devenus, car il n'a jamais perdu espoir.
Il avait toujours un mot pour nous réconforter.

  — Il était vraiment courageux! Tu devais être content qu'il
   soit auprès de toi! affirma Kim.

— Oui, c'est certain. Il nous a empêchés de sombrer dans la panique.

Van n'avait pas assez de mots pour décrire son attachement
à son grand-père. Sa présence avait été providentielle,
surtout au cours de la tempête.

— Décidément, le mauvais sort s'acharnait sur vous !

— Beaucoup d'eau s'est engouffrée dans le bateau. On montait
et on descendait des vagues hautes comme des montagnes.
C'était pire qu'à La Ronde. Au petit matin, heureusement,
ça s'est calmé, mais le bateau était dans un triste état.
Les voiles étaient déchirées. Pire, il n'y avait
plus d'eau potable dans les citernes.

— Qu'avez-vous fait ?

— Daïdo a trouvé une solution.
Au village, les gens le considéraient
parfois comme un simple réparateur
de tuk-tuks aux mains sales, mais,
sur le bateau, tout le monde attendait
qu'il fasse un miracle.

— Sacré revirement
de situation ! Ton
grand-père a dû
se moquer d'eux,
dit Robert.

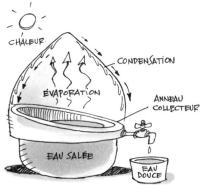

CHALEUR

CONDENSATION

ÉVAPORATION

ANNEAU
COLLECTEUR

EAU SALÉE

EAU
DOUCE

— Non, ce n'était pas son genre.
Il a bricolé un système de filtration
d'eau avec son matériel.

Van reprit son stylo pour dessiner
un schéma sur la nappe.

— Quelle idée géniale !
s'extasia Kim.

BOUÉE

ENTONNOIR
IMPERMÉABLE

1 millimètre

ZOOPLANCTON

PLANCTON

ANNEAU
MÉTALLIQUE

COLLECTEUR DE
PLANCTON

— Avec un tissu de nylon,
on a fabriqué un filet
à plancton et,
avec du bambou,
on a fait
des cannes à pêche.
Il faisait beau,
on avait retrouvé
le moral.

Tout allait mieux, sauf que le bateau est tombé en panne.

— Que s'est-il passé ? Le moteur s'est brisé ?

— Non, il n'y avait plus de mazout.
Nous étions à la dérive.
Les voiles étaient irréparables.
On a alors eu l'idée de construire une turbovoile.

— Une quoi ? demanda Robert intrigué.

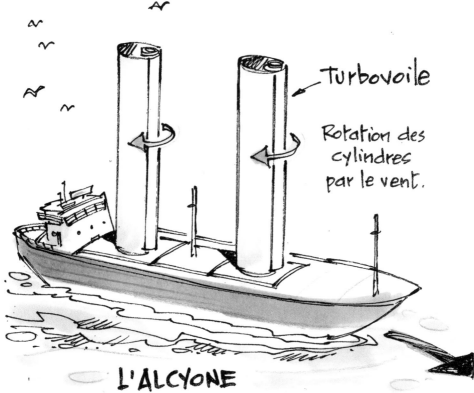

turbovoile

Rotation des cylindres par le vent.

**L'ALCYONE**
NAVIRE À 2 TURBOVOILES LANCÉ EN 1985

— Une voile rigide et cylindrique avec les barils de la cale.

— Comment ça marche ?

— Robert, connais-tu l'effet Magnus ?

— Oui, c'est quand on dévie la *trajectoire* d'un ballon de soccer en le frappant sur le côté. Ça lui donne un mouvement de rotation.

— Bravo ! C'est exactement ça.

Incurvation de la trajectoire

Daïdo et Van avaient soudé plusieurs barils pour former une colonne de cinq mètres de haut. En tournant sous l'action du vent latéral, les cylindres faisaient bouger l'hélice du bateau.

— On peut toujours compter sur toi
pour un bon tuyau, plaisanta Kim.

# Il était
# un petit navire

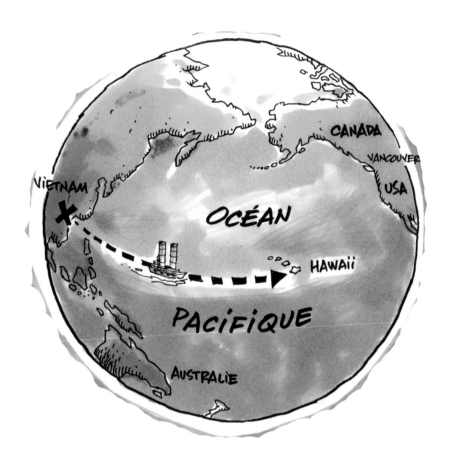

L'invention de Van et de Daïdo permit au bateau
de mettre le cap sur Hawaii.

—Incroyable! Vous avez franchi plus de la moitié de l'océan Pacifique!
Quel courage! s'exclama Kim. Pourquoi ne pas être allés en Thaïlande
ou à Hong Kong?

—Pour ne pas être parqués dans des camps de réfugiés.
On y serait restés pendant des mois avant de pouvoir
immigrer. On a préféré jouer le tout pour le tout.
On a mis quarante jours pour rejoindre la côte hawaïenne.

— Tu devais être tanné du poisson cru, déclara Robert en faisant une grimace.

— Non, on avait trouvé le moyen de le cuire grâce à un four solaire, une invention facile à construire.

RAYONS SOLAIRES

Miroirs concaves

— Avec toi, Van, il n'y a jamais de problème. Tu es vraiment le genre de personne avec qui je voudrais faire naufrage, affirma Kim, admirative.

À ce compliment, le jeune inventeur devint rouge comme une diode.

— On a été chanceux, car nous sommes des milliers
de Vietnamiens à avoir fui le pays. Et beaucoup
de *boat people* ont disparu en mer.

À ce moment-là, madame Hoang arriva avec les biscuits de fortune :

> — Ton grand-père et toi, vous nous avez sauvés,
> dit-elle avec un regard reconnaissant.

Kim et Robert n'en revenaient pas.

> — Elle était avec toi sur le bateau ! s'exclamèrent-ils, surpris.

Van sourit en craquant la coquille de son biscuit. Il gardait encore quelques secrets en réserve et ne voulait pas tout dire sur son incroyable traversée.

Il neigeait quand les trois amis sortirent du Dragon Vert.
La rue était déserte, et ils marchaient sans parler.
Chacun méditait sur les révélations de cet étonnant repas.

Soudain, Van, Kim et Robert s'arrêtèrent
devant la vitrine d'une agence de voyage.
Sur une grande affiche, on lisait :

CAPOTE

MOTEUR
TUKTUK
125 ch.

SIÈGE

PHARE

POULE

3 ROUES
TUKTUK